中国文学名家精品

Tanzihao Shige Jingpin

覃子豪诗歌精品

覃子豪 著　李丹丹 主编

北方妇女儿童出版社

图书在版编目(CIP)数据

覃子豪诗歌精品/覃子豪著；李丹丹主编. —长春：北方妇女儿童出版社，2015.1（2021.3 重印）
（中国文学名家精品）
ISBN 978-7-5385-8156-0

Ⅰ．①覃… Ⅱ．①覃… ②李… Ⅲ．①诗集－中国－现代 Ⅳ．①I226

中国版本图书馆CIP数据核字（2015）第007527号

覃子豪诗歌精品
TAN ZI HAO SHI GE JING PIN

出 版 人	刘　刚	
责任编辑	王天明	
开　　本	700mm×980mm　1/16	
印　　张	9	
字　　数	148 千字	
版　　次	2015 年 5 月第 1 版	
印　　次	2021 年 3 月第 3 次印刷	
印　　刷	固安县云鼎印刷有限公司	
出　　版	北方妇女儿童出版社	
发　　行	北方妇女儿童出版社	
地　　址	长春市福祉大路 5788 号	
电　　话	总编办：0431-81629600	
定　　价	26.80 元	

前　言

　　习近平总书记在文艺座谈会上指出，繁荣文艺创作、推动文艺创新，必须要有大批德艺双馨的文艺名家。我国作家艺术家应该成为时代风气的先觉者、先行者、先倡者，要通过更多有筋骨、有道德、有温度的文艺作品，书写和记录人民的伟大实践、时代的进步要求，彰显信仰之美、崇高之美。

　　是的，当历史跨入21世纪的新时代，我们党发出了实现中国梦的伟大号召，掀起了轰轰烈烈的复兴中国文化的运动。这就要求我们站在时代的前沿，薪火相传，一脉相承，弘扬中国有史以来优秀的、光明的、先进的、科学的、文明的文化，融合古今中外一切文化精华，构建具有中国特色的现代民族文化，向世界和未来展示中华民族的文化力量、文化价值与文化风采。

　　就文学创作而言，就是广大作家要接过近现代中国文学名家传递的笔墨圣火，照亮时代的道路，创造文学的繁荣；广大读者则应吸收近现代中国文学的精神力量，认识过去的时代，投身当代的建设。总之，中国的复兴需要大家添光加彩！

　　回首上世纪初，中国掀起了伟大的反帝反封建的民族解放运动，广大作家以此为崇高历史使命，把文字作为投枪匕首，走在时代最前列，创作了大量优秀的文学作品，发出了代表时代最强音的呐喊，振聋发聩，唤醒广大人民群众，开创了新文化运动，创造了现代文学。

　　中国现代文学是指用现代文学语言与文学形式，表达中国现代思想、感情、心理的文学，是在"五四"新文化运动影响下，广泛接受外国文学影响而形成的新兴文学，产生了极大的历史推动作用。

在新文化运动推动下，广大作家汲取中外文学营养，形成了新的文学形态。他们不仅用白话语言表现现代科学民主思想，而且在艺术形式与表现手法上对传统文学进行深入革新，创建了新的文学体裁。在叙述角度、抒情方式、描写手段以及结构组成等方面，都有全新创造，极具现代特色，成为真正现代意义上的文学。

中国现代文学的主流是人民的文学，广大作家深入火热的战斗生活中，极大加强了文学与民众的结合，文学与进步的社会思潮及民族解放、革命运动的自觉联系，这构成了中国现代文学的基本历史特征与传统。此时的文学，以表现普通民众生活、改造国民性格和社会人生为根本任务。

中国现代文学早期的发展，是在广大作家吸取外来文学营养使之民族化并继承民族传统使之现代化的过程中奠定基础的。对于如何正确对待传统文化与西方外来文化的问题，他们打破了抱残守缺的国粹主义思想，进行了彻底革新，曾对西方各个历史时期的文艺思潮、文学流派，包括各种文学形式、表现手法等，进行了全面介绍与广泛吸收，同时对我国传统文学遗产也进行了重新评价。这对促进思想与艺术的解放，促进文学的现代化，起到了重要作用，从而形成了现代文学的繁荣局面，促进了广大民众的觉醒。

接过20世纪中国文学作家的思想圣火，实现新时代民族文化复兴的中国梦，这是广大作家和读者义不容辞的神圣职责。为此，我们从诗歌、散文、小说三大文学体裁着手，特别编辑了这套《中国文学名家精品》，精选了许多文学名家的精品力作，代表了中国20世纪文学的高度，具有极强的权威性、可读性和艺术性。

这些文学名家，都是中国20世纪现代文学的开拓者和各种文学形式的集大成者，他们的作品来源于他们生活的时代，是那个时代社会生活的缩影，包含了作家本人对社会、生活的体验与思考，影响着社会的发展进程，具有永恒的魅力。他们是我们心灵的工程师，能够指导我们的人生发展，对于复兴中国文化具有深远的启迪作用。

作者简介

　　覃子豪（1912—1963）四川广汉人，现代著名诗人、著名诗歌评论家。他于1929年进入县立初中读书，喜爱诗画，为师长器重。1931年进入成都成城公学，第二年赴北平就读中法大学，深受19世纪浪漫派诗人的影响，推崇象征主义诗风。此时他开始发表诗作，曾与同学合出过诗集《剪影集》。

　　1935年，覃子豪进入日本中央大学，积极参加进步学生的文艺活动，开始进入诗坛，曾倡导"新诗歌运动"。他积极参与"左联"东京分部主办的《诗歌》编务。此时期的诗作表现了执着青年对于生命的追寻，诗风明朗，富有强烈现实感。他将早期诗作编成第一本诗集《生命的弦》，其中充满了渴望光明的爱国激情。

　　1937年，日军侵华战争爆发，覃子豪回国投身于抗日工作，他辗转浙江金华、江西上饶等地，主编《八六简报》《诗时代》。永安遭到轰炸后，他以神来之笔，一周写诗45首，控诉日军罪行，有诗集《自由的旗》、译诗集《裴多菲诗》、散文集《东京回忆散记》问世。

　　1943年，覃子豪辞去军职，一度经商。他后在福建漳州创办《太平洋晚报》和南风文艺社，又任《闽南新报》主笔。这时出版诗集《永安劫后》，描述敌机轰炸后永安人民的不屈意志，受到好评。在抗战中，覃子豪积极参加抗日文化活动，创作诗歌，主编文学副刊等。

　　1947年，覃子豪为谋生计漂泊到台湾，先后任职于省物资局、粮食局。任文坛函授学校教授、文艺创作委副主任，并当选为青年写作协会理事兼该会诗歌研究委员会主任。

　　1954年，覃子豪与著名诗人余光中等人成立了著名的"蓝星诗社"并任社长，先后主编《新诗周刊》《蓝星诗刊》等，在台湾颇有影响。"蓝星"是一个具有沙龙精神的现代派诗社，没有固定理论和绝对信条，最具特色的是"自由创作"路线，提倡充分发挥个人才华和个性，形成了独具特色的创作风格。覃子豪主张"民族的气质、性格、精神等在作品中无形的表露"，诗歌应该通过反映现实和人生来观照读者。

　　1956年，覃子豪主持文艺函授学校诗歌班，在《中华文艺》月刊连续刊载诗习作批改文章，后结集为《诗的解剖》，对培养诗坛新秀，发展台湾新诗创作有显著推动作用。

　　1957年，覃子豪发表重要诗论《新诗向何处去》，对以西化为核心的"六大信条"进行了尖锐批驳，表达了中国民族主义诗人的心声，引起台湾所有热爱中国文化的人们强烈共鸣。与此同时，他逐渐形成了自己的独特风格，就是将传统的严谨与浪漫的抒情相结合，创作出了许多优秀诗作。

　　覃子豪的《画廊》在他创作发展道路上具有转折意义，是思想艺术成就最高的一本诗集。他从生活表层的人生批评，深入到对生命意义的探寻，很具有内涵。他曾与纪弦为首的现代派展开论战，反对全部横的移植的主张，他认为"诗的意义就在于注视人生本身及人生事象，表现出一种崭新的人生境界"。

　　1963年，当覃子豪正处于艺术发展的阶段，他却因肝癌病逝了。覃子豪有"海洋诗人"和"诗的播种者"的美誉，与著名诗人钟鼎文、纪弦并称为台湾现代"诗坛三老"，被东南亚新诗派诗人奉为宗师。

覃子豪 【目录】

第三辑

覃子豪
诗歌精品
【目录】

覃子豪

诗歌精品

【第一辑】

竹林之歌

荒山里有一天黄昏

竹林在细雨中哭泣

低声地唱一首凄切的歌

——我有一个永远忧郁着的心

在荒寒的山涧里

没有一个人来访问

——有时我在晨风里笑

我爱山花的温柔

太阳在怀里撒娇

——有时我头充满哀怨

烦恼紧缠在心里

如丝丝的雨线

——有时我把心事都诉给
冷冷底月光
泪浸蚀了古庙的土墙

——有时我也曾落在行人底注视里
可是只匆匆的一瞥啊
便又匆匆的分离

——如今秋风秋雨又重入我的怀里
它轻轻的叫我；将我一生的哀怨
写一篇忧郁的诗

1934·北平

我的梦

我的梦
在破碎的石子路上
有村女的笑声
有田中的稻香

我的梦
在静静的海滨
有海藻的香味
有星有月有白云

我的梦
在我破旧的笔杆上
有单恋的情味
有泪珠的辉芒

1934·北平

像

像山涧里临清流的松影
　恋着幽壑的花香
像月雾里航着的帆影
　恋着海的迷茫
像紧赶行程的旅客
　太息夜色的苍茫
像古代忧郁的诗人
　吟出烦怨的诗章

1933·2·3

浴　场

洗不尽的，人类的悲哀
每天都有许多游尸在海滩上徘徊

白色的鱼，黄色的鱼
都在黑海的浪里漫游
——美国的细腰女郎
——意大利军舰的水手

美国的细腰女郎
意大利军舰的水手
一条条的躺着啊
在海滩上发出熏人的奇臭

奇臭熏满了洁净的海岸

奇臭熏够了穷困的人们
这是黑海中创造出来的
赤裸裸的艺术陈列品

洗不尽，人类的污辱
每天都有许多游尸在黑浪里浮出

1933·6·18 烟台

海滨夜景

数不尽的闪烁的灯啊
夜色已在你苍茫的光中隐藏
还有雾里的灯光
不知是在山上，是在海上

海滨路上荡着闲游的妇女
穿着绿色的红色的单衣
裸着双双的赤裸的臂膀
是海里漫游着的长长的银鱼

大的金色的升在东山上的新月
照在深蓝的海里，浅灰的路上
咖啡店中飘出了爵士音乐
海风送来女人唇上的脂香

微风送来法国教堂的晚钟

人们仍然吸着烟卷悠闲

在流浪人彷徨的心里

没有悲哀，只有怀念

数不尽的，闪烁的灯啊

夜色已苍茫地在你光中隐藏

还有雾里的灯光

不知是在山上，是在海上

1933·7 烟台

驼 铃

驼铃穿过死灰的古城
驼铃穿过旅人的心
　驼铃来自大沙漠
　唱着寂寞的歌

驼铃歌着沙漠的寂寞
驼铃歌着倦怠的悲哀
　从幽静的清晨
　歌到苍茫的黄昏

驼铃的歌音是这么悠长
驼铃的歌音是这么清响
　歌不去旧的迷惘
　歌不来新的希望

我不愿停留

我不愿停留

我有个孩子的心

在青空里飘流

像晴天的浮云

我爱晴空

我追求热和光

我爱千山万水

我赞美流浪

像晴天的浮云

凭依着西风

心海里的光与影

像是真，又像是梦

是一个孩子的心
怀着无限热爱
想念自己青春
惆怅与悒郁俱来

我不愿哭泣
我是颤抖的光明
我有爱有恨
我是忧郁的永生

我的童年

我没有美丽的童年
我的童年是一片无知的沙漠
我没有快活的童年
我的童年像一条小小的河

河里浮动着白色的浪花
自己听着浪花幻灭的声音
沙漠里走着行商的驼队
沙漠风消逝了悠飘的驼铃

我的童年是幻想的
幻想中朗照着诗样的明净
我的童年是孤独的
孤独中有烈焰在心中诞生

夜的都市

夜的都市充满着神秘的音乐
——灵魂的叫卖，迷离的歌

都市的舞蹈，都市的节奏
在那喧闹的市场，污秽的街口

灯光闪烁着异样的颜色
象征着已死者的心，未来者的血

一切的幻影都掩在黑幕里
一条条的生命都静静地死去

1934·3·24 北平

歌　者

我如沙漠里的征人
　　一样地渴
我如长街上的乞丐
　　一样地饿
大风在我前面怒吼着
暴雨在我头上不停地飘堕
　　我忍耐着啊
　　我的饥饿
　　我的渴
我只怀着无限的热情
唱着一支热烈的长歌

我只怀着无限的热情
冒着暴风雨前进

狂风作饥充

雨泪当水饮

我前行

我前行

踏遍死的世界

散布我的歌声

前进

前进

狂风击袭着我的心灵

暴雨打着我的歌声

风雨愈狂烈

歌声愈雄劲

我尽情地高唱

张开我热烈的胸膛

前进

前进

战胜黑夜与暴风雨的猖狂

梦后的人们

倾听着我热烈的音腔

还有那黑暗无边的网上

不闻人的声响

啊！宇宙好像是座大坟场

有许多的心灵

全在这黑暗当中

深深地埋葬

我忍耐着我底饥饿

我唱着歌前进

我要唱

从暴风的黑夜

唱到天明

我要唱

从死寂的世界

唱到它有活跃的生命

我要唱

一直唱到活动的尸体

招回他们的灵魂

1935·10 东京《诗歌》第四期

给一个放逐者

应该感谢的是

　　没有把你底生命交给电椅

　　没有把你底生命悄悄地

　　　在大海里埋掩

应该感谢的是

　　没有把你放逐到冰雪的寒带

　　没有把你放逐到广漠的荒原

应该感谢的是

　　把你送回正在受难的祖国

　　把你送到防御的第一条战线

　　给敌人以不尽的感谢吧！朋友哟

　　敌人给我们展开斗争的场面

最令人痛恨

用铁锁把你困在铁牢里

用皮鞭无情地打你

最令人痛恨

在你耳边流荡着侮蔑的言语

在你脸上划着侮蔑的标记

最令人痛恨

国还没有亡

已经把我们当作亡国的奴隶

像狂岚一样的侮辱在头上扫过

为了什么？——一首反帝的诗

可是，你还没有死

你还是一个热情的诗人

你还是一个意志坚强的青年

你还没有死

你在膨胀着被压迫的激动

你在忍受着一切痛苦的锻炼

你还没有死

你在磨炼你底武器，你的笔

在为群众的仇敌而战

回到祖国去吧，朋友哟

战壕中需要有力的动员

你须得紧记

除了你在海外被囚的光荣之外

还有受难的兄弟，无情的仇敌

你须得紧记

羞耻划在脸上，愤怒刻在心里

还有人在这儿作着奸细
你须得紧记
　　在祖国的野原上，无数岛国的军队
　　在残杀大陆的兄弟
紧紧的记着吧！朋友哟
　　一次的记忆会给你十分的痛恨
　　十分的痛恨会给你百分的力

一个新的路向
　　往昔的囚人成为今日的战士
　　窄狭的牢狱换成广大的战场
一个新的路向
　　你离开了内心腐烂的知识群
　　握住劳苦大众热情的手掌
一个新的路向
　　你把笔换作了武器
　　在战壕中去联合真实的力量
走向新的路向吧！朋友哟
　　以写诗的热情去燃烧
　　战壕中每一个战士的胸膛

　　　　　　　　　　　　1935年于东京

我们是一群战斗的海燕

我们是一群战斗的海燕

盘旋在黑暗的岛上

我们抵抗过风暴

　冲破过巨浪

我们鼓着全力

负驮着压迫的重量

我们鼓着全力

开张着活跃的翅膀

啊！奋飞吧，奋飞吧

　飞过险恶的重洋

远望着大陆的脉搏

　向祖国沉痛地唱歌

——啊啊！我们受难的祖国哟

　为着洗掉你满身的创伤

我们掀起一个大的潮浪

我们是一群叛逆的海燕

奋飞在狂暴的海上

我们头顶着雷云

　　身浴着电光

我们互相激励

希望在苦难中生长

我们互相激励

不曾停息过翅膀

啊！奋飞吧，奋飞吧

　　顺着正确的路向

远望大陆的脉搏

　　向祖国沉痛地唱歌

——啊啊！我们受难的祖国哟

　　　快准备一个伟大的力量

　　　来迎接这暴风雨的时光

1936年8月东京《文海》第一期

黑暗的六日

李华飞兄等，由上海来信说：在归国途中，到名古屋时，想不到还遭受一场永生不能忘记的侮辱和毒打。没收了许多书籍，坐了六天没有光明的屋子。信中话语沉痛，读后，心中异常愤慨。作此四诗，寄华飞、林川二兄，以表我这一点感怀吧！

黑暗的六日
光明的一生
六日的侮辱
永久的斗争

一切都被剥夺了
黑暗中没有一缕光亮
被束缚的鞭打过的躯体

永远存在着一种自由的反抗的
　思想
在敌人蹄下训练成的战士哟
羞辱才能使我们的意志更加坚强

友邦和祖国
压迫和抗争
侮辱和痛苦
胜利和光荣

一切都被剥夺了
黑暗中有锁链的声响
被束缚的鞭打过的躯体
永远存在着一种伟大的反抗的
　力量
在敌人蹄下训练成的战士哟
最大的压迫才能使我们彻底地
　反抗

1937年上海《光明》第二卷第十号

再　生

不要把痛苦的秘密泄露
让毒蛇深深藏在心头
它的毒牙会啮破了将腐的心
血潮会在我破碎的躯体里沸腾
苦难无形的成了我的棺材
凡庸作了我尸衣的披戴

我要摆脱，我要摆脱
我要摆脱凡庸的枷锁
让蛆虫把凡庸的尸体啮着
然后来锻炼，用诗神的火
我的灵魂会得到多一点的舒息
那舒息就是一个不平凡的复活

我不沉默，我不沉默

我已在伟大的现实里诞生

我的职务是些什么

唱着大众的歌，拨着战斗的琴

我勇敢，我欢欣，我没有不安

我要完成我新的课程

载《春云》第一卷第五期

1937年5月1日出版

年轻的母亲

赠给年轻而辛苦的×

为着一个新的生命
你底细长的黑发被痛苦蹂躏过了
你底柔情的眼仁被泪水浸润过了
但是，你底青春还在睫毛下边隐藏
它在移动着
迟钝的像初恋的目光

痛苦像蛇一样在纠缠着你的肚腹
你红润的面颊变成苍白
迟迟的时间郁结了爱的想念
痛苦的交流产生了喜欢的战栗
你的手捧着一个赤裸的生命

你感到：生命的慰安，青春的惋惜

在你有着洁光的颊上
挂着母亲神圣的晶莹的泪珠
打破了长时间母亲底沉默
是瞬间的婴儿的啼哭

在你微颤的声音里
帮着一些儿做母亲的愁苦
你知道，生活在暗暗地磨难你了
你要用多大力量来对付

现在，一切你都感到有些新奇
爱情的胸脯在微弱的喘息
接吻的嘴唇也僵了
爱说话的舌头也沉默了
你爱
暗暗的思想，冷冷的微笑，瞬间的沉默

把小生命交给谁呢
还有辛苦的工作
要花费做母亲的时间
——把孩子送到托儿所去
新母性的孩子底抚育
也需要集团

岛国的儿群里
混合着一个大陆的儿郎

年轻的母亲啊

你告诉他

祖国未来的战士

是在敌国里生长

伟大的年轻的母亲

他交给你的孩子

坚强的意志，最高的胆量

为祖国而奋斗

不能挫折的刚强

年轻的母亲啊

离开你的孩子吧

孩子不会将辛苦的母亲忘记

纵使你有一天为祖国死了

你光荣的墓碑是会建在

祖国人民的心里

年轻的母亲

为着工作，快快恢复你的健康

你看

你怀里小生命的热血正在鼓动

这是象征你怀抱着未来的希望

1936·7 东京

渡漳河

今夜我渡过漳河
月亮掉下苦涩的泪
家村的影子离我远了
想一想，仿佛跌进惨淡的梦寐

五年了，在黑暗的原野上我战斗着
那璀璨的"真理"在我耳边说
斗争哟，坚决地斗争啊
伟大的光明就会在你眼前闪烁

五年了，在黑暗的原野上战斗着
为了自由
悄悄流过许多血和泪
任青春的影子被秋风吹北风吹

今夜啊，把自己破烂的影子拖过漳河

一群雁子为我唱流亡的悲歌

可悲的雁子啊

我的泪泉已枯干了

正需要热和火

虽然你们会说

"火是毫无用处的，斗了一阵，

冒一阵烟，便熄了"。①

五年了，北方荒原上的路我已

　　走熟

"自由"和"光明"依然

在黑暗的林中悲哭

我还是紧紧握着我的断剑

在黑暗的郊原上战斗着！战斗着

虽然后方是荒村狗泣，前面是

　　鸱枭的

"啊，啊"

今夜，我渡过漳河

拿着我的断剑

要去攻击那些黑暗的城郭

1938年5月《五月》诗歌综合丛刊

① 《罗亭》中密哈罗·密哈伊里奇语

战士的梦

马儿竖着鬃毛前奔
我头上一朵火花飞迸
沉重地我摔在田野上
听不见战友厮杀的呼声

啊！伟大的血红的沙漠
你的飓风消逝了蹂躏者的狂歌
你引我至茫茫之国去了
我看不见祖国的大野，祖国的深谷

四面都升起来红色的雾，红色的火焰
我知道这是生死决斗的午夜
可是，不见枪炮和战垒
不见忠实的战友，狡狯的仇敌

我忠实的马儿，我疯狂的马儿
你快快将我载到战争剧烈的前方
兄弟们也许正在和敌人格斗
敌人将在锋利的刀枪下死亡

马儿像飞一样载着我
冲过红色的雾，旋转的沙
无数火花在马蹄下飞扬
我跌下来了，飓风消逝了我的快马

冷汗浸湿了我的睡衣
我从惊愕的梦寐中醒来
我忠实的马儿，我疯狂的马儿啊
你为什么要和我离开

战友和黑暗的夜睡在我的周围
祖国的原野啊！你是这样的不宁
我愿战死在你伟大的怀抱中
因为，我是祖国勇敢的忠实的子孙

水　雷

　　中央社上海二十四日路透电，据确悉：本月二十二日，日运兵船一艘，在安庆、马当之江面触华军所配置之水雷，炸成粉碎，日军死者百余人，伤者无算。

　　　　水雷是埋藏在海里
　　　　水雷是埋藏在江里
　　　　水雷是埋藏在每一个
　　　　被压迫的中国人的心里

　　　　水雷是默默无闻
　　　　像是被压抑着发不出声音
　　　　风浪在翻腾
　　　　它在水里一点也不动摇
　　　　屠杀的声音

使水雷在每一个被压迫的
中国人的心里是更加坚牢

水雷是一支死却的箭
可是，他遇着压力将会爆发
假如，水雷自身粉碎了
他会将侵略者一齐爆炸

被压迫的中国人啊
把水雷安置在心里吧
不要有声音
我们在战斗的时候
是需要默默无闻

失明的灯

连敌警戒兵
也看不见的黑色的街灯啊
在电线上，高高地，高高地
同天上的星辰对语

——我在黄金的梦幻灭之前
我看见幸福的人们遇着苦难
幸福的人们
像羔羊一样在敌人刺刀下死亡
在炮火的密集下逃遁
我亲眼看见这幕悲剧的开始
我呀！一个凶犯杀人的见证

——黑暗嫉妒着我

他将这光明的不能掩盖犯罪的时间
要沉深深的黑暗
我还没有看到悲剧底结局
就破坏了我的眼
破坏了我的眼

——我现在是失明了
但我的心却是非常完整
在恐怖时代敲着丧钟的时候
我将像你一样再放光明

废墟之外

在迷蒙的春雨里
我步着祖国的废墟

白骨掩没在河边的青草里
无数黑色的乌鸦从那儿飞过

兄弟们死了
春草生了
乌鸦肥了

在这儿
春天没有炮声
没有妇人和婴孩底啼泣
没有反抗的呼号

啊啊！血啊

凝结在被轰碎的石上

废墟上开着红色的花

田垄上有几个农民坐着

他们发出饥饿的叫声

啊！去吧！饥饿的农民

这儿是焦土和废墟

可是废墟外已绵延着自由的烽火

北　国

北国呀

在夕阳中晕睡着的沙漠啊

我似乎看见从地平线上

归来的骆驼队

它们已经感到倦乏了

你在酣睡的状态中么

那玫瑰色的云便是你鲜红的血液

可是飓风在扫着疾驰的沙

你还未停止呼吸

你啊！忘记了

在沙漠中的森林

沙漠中的河流么

那里有文化发祥的尼罗河

文化结晶的金字塔

为了挚爱森林的河流

我把故乡抛在身后

在你的胸上

我沐浴着爱情的源泉

摘取智慧的果实

爱情的源泉使我洁白而健康

智慧的果实坚强我的精神和体魄

生命像一条疾驰的河流一样

在世界上作无穷尽的奔流

我追求，我追求

我离你而去了

因为，我不能漫延了时光

像哲人永远的沉思

恐怖的时代要我

做一个强倔的斗士

北国呀

离开你已经有四年了

风霜锻炼了我的筋骨

少年的颜面渐渐苍老

悔恨的种子给冬天的雪压死了

我珍惜着给我以苦痛的时间

北国呀

离开你已经四年了

你古老的面孔更为愁郁

我少壮的心是更强了

青年无辜的死和被迫的逃亡

使你在沙漠中更为寂寞

现在，你昏沉地睡去了

像死去了一样

你的颓废虽不曾使我哭泣

然而，却引起我深深的怀念

北国呀

春天的温暖融化了你的冰河么

春天的风吹醒了昏睡的草原么

曾经爱过我的人仍健在么

朴实的农民在耕种他们的田地么

美丽而伟大的平原啊

你在世界上还存在着的吧

覃子豪

诗歌精品

【第二辑】

炸弹的碎片

　　七月十九日，敌机三十九架，分路进袭武汉，向三镇疯狂投弹，投弹地点，完全为平民区，约投大小炸弹二百余枚，死伤平民有六百余人，情形至为悲惨。

一、棺材

一列列的在长街上走过

大的棺材

小的棺材

白色的棺材

黑色的棺材

里面是装着受难者不全的尸首

救护队，红十字队呀
你们从火葬场中出来
把无辜的死者抬到那儿去呢
你们将死者抬到坟场去么
或是将死者抬到法庭去控告呢
假如：人类有正义底裁判
请你们不要忘记揭开死者的木棺

二、母和子的死

无数的没有手没有足的孩子呀
脑是破裂了
脑浆直流
焦黑的背
油黄的肚皮
像是厨房里烧烤的兔
像是太阳晒焦的粪土

一个孩子底嘴是张着的
死前的悲惨的喊叫早消逝了
他底手还紧紧地抓着尘土
可怜的孩子啊
你是抓着母亲的手呢
母亲已经在你底身边
她挣扎似的伏在地上
发髻烧成了黑灰
脸是焦烂的，张着嘴
露出白色的牙齿

她是在呼唤你呀
睁着恐怖的眼睛
她看见你受着强暴者底火刑
孩子呀！疯狂的残暴
不能毁灭人类伟大的爱
同你一样命运的母亲
为了保护你
她拼死命地匍匐在你的身边

三、守着父亲哭泣

人们团团地围着
看见一个孩子
守着父亲的尸身哭泣

死者的身躯是健壮而高大
炸弹的碎片洞穿他的肚腹
牙根紧紧咬着，是在作无情的诅咒
胸脯的起伏早已停息
孩子肮脏的脸上挂着黄色的泪珠

孩子是年幼而瘦弱
人们问：
"你的母亲呢？"
孩子伤心地回答
"母亲是死在战场里。"

人们眼睛里是充满着同情的泪水

看见孩子是流着无辜的泪
人们眼睛里燃烧着复仇的火
看见死者流着无辜的血

人们在为孩子悲伤
为死者默祷
人们的泪水不再流
那是被复仇的火熏干了

四、死不瞑目

蒙难者呀！你死了
为什么不瞑目呢
你是在向着天空憎恨
我知道你是不甘心
作一个未抵抗而死的人

你是未死还是死了
你底心脏已经被火烧毁
你是睁着白色的大眼
还在向生者作最后的宣告

你像是在说
　"死呀！死得要有代价
我们是人呀
不是一群被屠杀的牛马
为什么我不在生前同强盗拼了
做一个果敢的复仇的人。"

空军的勇士啊！奋飞吧

空军的勇士啊，奋飞吧

飞上祖国蔚蓝的天空

在那血红的晨光中

你能看见祖国辽阔的平原

你能看见文化发源地的扬子江和黄河

你能看见北方的沙漠，太平洋上的狂波

祖国的伟大燃烧了你奋发的血液

你第一次和敌人激战的时候

你粉碎了黄浦江上屠杀兄弟们的仇敌

你愤激黄浦江上敌人的军舰横行

你要将敌人的军舰一齐炸沉

千万人的眼睛在望着你

为了消灭祖国的仇敌，你奋不顾身

敌人的军舰因炸伤而沉没了

你听着千万人歌颂的声音

空军的勇士啊，奋飞吧

飞上祖国蔚蓝的天空

你在云层里看见祖国微笑了

在那血红的晨光之中

为了消灭祖国的仇敌，你曾乘着暗夜

展开你勇猛的黑色的翅膀

敌军的探照灯像欢迎你直射而来

炮声响了，无数的火箭在你身前飞扬

空军的勇士，你的勇猛征服了畏惧

在星斗纵横中自由地翱翔

奋飞啊，逃过敌军直射的眼睛

听你投下来毁灭敌人的轰响

听啊！令人兴奋的巨大的爆裂声

它给敌军的阵营布上凶猛的火网

敌人受了无情的还击，张开凶恶的火焰

他要毁灭繁华的城市，屠杀无辜的人民

他梦想要使四万万人"屈膝"

他要将无数抗战的勇士受他鞭笞下的蹂躏

达姆弹粉碎了多少中华的儿女

燃烧弹毁灭了无数和平的城镇

空军的勇士，你曾在高空去迎击敌机

你的奋勇将敌机逐出了祖国的边境

追击的炮弹消灭了无情的轰炸

许多命中的敌机在祖国的大地上烧焚

千万只眼睛流出喜欢的泪水

他们望着你在金黄色的阳光中挺进

空军的勇士啊！奋飞吧

飞上祖国蔚蓝的天空

祖国在苦难中苏醒了

在胜利的交响之中

往岛上去轰炸敌人的巢穴

你们在黑空里集队的飞行

你们的跃过大陆，经过澎湃的海洋

听着波涛的声响和行进节奏的和音

在黑暗中奋进，晨曦在你们面前显现

你们为黑暗里挣扎着的祖国寻着了光明

奋飞啊！在岛上你们毁灭杀人的魔军

岛上的奴隶会随着你的爆炸惊醒

你们复仇的空袭是祖国所掀起奴隶革命的向导

那成千的奴隶将祈祝他们的解放　祖国的再生

空军的勇士啊！奋飞吧

飞回祖国蔚蓝的天空

你们在云天里表现一个胜利的环舞

在那血红的晨光之中

看啊！一行行的、一队队的雄健的姿影

你们是保卫祖国巨大的飞鹰

你们的勇猛要驱逐帝国主义的猎犬

将威力保卫东方弱小民族的生存

空军的勇士啊，四万万人都在歌颂你

他们抬起祈求的欢欣的眼睛

祈祝你们将祖国的敌人一齐杀灭

祈祝你们争取中华民族胜利的光荣

载《文艺月刊》战时特刊第三卷第九期

1937年8月16日出版

伟大的响应

读中华台湾革命大同盟总部为反对日本帝国主义侵略
祖国告台湾同胞书后写给台湾革命诸同志

海上的烽火
北方的军号
激动了大陆
也激动了中华美丽的岛

美丽的岛
离开了祖国的怀抱
已经有了四十三年
四十三年的反抗
四百万的劳工
未曾把铁链挣断

现在、四百万的劳工
听见大陆上抗战的军号
看见了祖国胜利的火焰
在"横征暴敛""压迫重重"
　的铁蹄下
点燃革命的导火线

点燃革命的导火线
来燃烧奴隶的热情
"掘金"人、"播种"人、
"施肥"人、"晒曝"人、
"打鱼"人哟
快起来用你们的劳力建造革命的工程

你们要继续伟大的反抗
继续在"淡水"、在"基隆"、
在"次桐巷"革命同志的精神
祖国的抗战给你们伟大的指示
你们的革命给祖国一个伟大的响应

来吧！在祖国旗帜下
参加这神圣的抗战
啊，美丽的岛屿、被奴化的台湾
祖国在伟大的胜利中
会粉碎你四十三个铁环[①]

1937・9・14上海。

《诗报》半月刊试刊号1937・12・16日出版

---

① "四十三个铁环"，指台湾被日本统治四十三年

和平神像

你傲然地立在黄浦江边
你是从哪里来的呢
是从亚细亚？欧罗巴？

和平的月桂冠已经不在你底头上了
战争熊熊的炬火烧黑了你底颜面
你头上虽然顶着青青的天幕
你的翅膀呀
盖着深深的黑暗

我现在刚刚回到被凌辱的祖国
不知道你从什么时候来
黄浦江上有无数的军舰在巡行
我也不知道你是否永远在这儿存在

你是只会望着那江上远处来的巨船军舰

你是看不见祖国劳苦的兄弟在

饥饿中挣扎、呼喊

那些面目黧黑的兄弟、瘦骨肮脏的兄弟

肮脏而污浊的妇女、乞丐似的船娘

以及那排列在岸边上破鞋似的木船

啊！你也会看见插在次殖民地

国土上异国的旌旗

你也会望见水门汀的建筑、银行、

公司、买办机关

那条条租界的灰色大马路

士敏土里混合着华人的血啊

那重重租界的建筑

铁条和大理石曾经折断过华工的骨啊

我想、黄浦江上还是一片荒滩的时候

你一定不曾来保卫东方的和平

兄弟的血汗将要被榨取尽了

快要吼出反抗的呼嚎

战神就把你立在这儿，作一个

　战争的铁盾

你的形象、在被压迫者的眼里

就像一个善良的和平神

你看见许多从欧罗巴来的巨船

从岛国来的军舰

有许多重的货箱、武器、行囊

压上祖国兄弟的肩膀

他们就在烈日下悄悄的死去

一批新的工人来继续吭唷吭唷的呼唱

你本是善良、为了劳苦的死、

劳苦的呼声

你曾虔诚地祈祷过和平

可是，你底声音过于微弱

头上的上帝、足下的弱者

也听不见你底声音

你呀！不进化的和平神哟

没有头脑的和平神哟

你只看见欧洲大战一个个的

健儿死在广漠的战场

你就看不见东方的人民死在无形的

战争

古国的子孙有多少都无声地死去

你还在向着被毒害的人民宣传和平

假如：死的数量惊吓你了

假如：你恐惧战神的屠刀

和平神像哟！你不要再在黄浦江上

张开翅膀欢迎

有武器的军队、没有武器的强盗

a Feb 1937

载《春云》月刊第三卷第三期1938·3·15日出版

两个掷弹兵

昨夜

天落雪了

今日面前成了一片银色的沙漠

辎重车发出辚辚的响声

骑兵队跃过阔大的冰河

马蹄使冰河破裂

积雪掩盖着敌军溃败的战壕

敌人的尸体横陈着

脸是臃肿

地血早冻了

在顶着积雪的森林下边

横卧着两个血肉模糊的尸体

假如，他身旁没有
青天白日的钢盔
谁也会认不出是自家的兄弟

我们跳下马鞍
看见可敬的勇士底脸上
表现出胜利的微笑和英明
最使人感奋的是
血是凝结在钢铁的胸上
手榴弹仍在手中握得很紧
森林下边的荆棘丛里
在胜利的争夺战之前
许多敌人在那儿埋伏
可是，埋伏的敌人中了手榴弹

深的战壕是被轰轰的土块掩埋
敌军死了
机关枪毁了
现在啊！雪又重新将大地覆盖

手榴弹毁灭了敌军的埋伏
掷弹兵的使命已经完成
虽然他在敌人的炮火中躺下了
不屈挠的面孔是写着勇往的精神

雪飞得很密
风也很紧
像一团帐幕的雪花飞来

盖着勇士的尸身

无言地我们为勇士默祝
疾风吹来大炮的声响
我们给勇士一个敬礼
然后急速地骑在马上

载《春云》月刊第三卷第六期

1938・6・25日出版

牧羊人

我同许多武装的兄弟
从青青的河畔走过
牧羊人啊
我看见你那凝视的眼睛
你是在瞭望祖国的原野
还是在看守你的羊群

告诉你，孤寂的牧人
我们是从伟大的旷野中来
这是一群大陆的怀恋者
黄昏了
我们和你一样
还不愿和原野离开

在青青的河畔

我看见蠕动着白色的羊群

牧人啊！我几乎要流出泪来

请听我说吧，我要告诉你

不曾见过的悲惨情境

我们是来自火烧的城市

那里的房屋毁了，市街荒凉

小孩和老妇的尸体横集

还不如这河畔一群咩咩的绵羊

我们是来自贫困的乡村

那里也是被敌军劫后的地方

农民都走了，为了游击敌人

他们暂时集合在遥远的他乡

我们是来自清冷的江边

江上漂浮着被敌军击破的小船

网朽了，鱼在河中跳跃

渔人的尸身已在江中腐烂

我们是来自决斗的战场

那里有英勇抗战浴血的弟兄

我们带回来烽火的消息

要集合广大的兄弟向前方冲锋

牧羊人啊

是泪水噙着你的眼仁

是热血喷满你的胸膛

说吧！你在沉思些什么
你是在看守你的羊群
是在怀念那些被劫的地方

年青的牧羊人啊！来吧
忠实的兄弟，你在沉思，还是
在倾听前进的军号发出悲壮的声音
啊！亲爱的兄弟
你与其做一个柔弱的牧羊者
还不如来做一个保卫祖国的哨兵

载《春云》月刊第四卷第四、五期

1938·10·1日出版

机关枪手底遗嘱

这样光荣的死去
我死得够了
扫射了四五十个敌人
我不算白过了一生
兄弟，请把我的遗言
告诉我的妻子
那个洗衣的妇人

告诉她说，在战场上
我死得多么骄傲
当敌人的弹丸贯穿我的胸膛
我不曾立刻卧倒

告诉她说，儿子长大

一定要去当兵

国家没有把失地收复

始终要做一个爱国的军人

告诉她罢……兄弟

叫她不要挂念我

我是死的光荣

兄弟们都知道我的名字

政府还要优待我的家庭

啊！死去……光荣的死去

祖国啊，我给你一个最后的敬礼

载《文艺月刊》战时特刊第二卷第八期

1938年12月1日出版

战争给我以爱情

我不知道我从什么地方来
我却知道为什么要奔赴战争

假如我战死了
同志只知道我的姓名
不知道我的出生
有人说我是都市中被遗弃的孤儿
有人说我是来自灾荒的农村
因为，我没有父母
没有兄弟，没有朋友
没有财产，没有家庭
没有一个人的记忆里
会有我的影子
没有一个人知道我是胜利

或是死去
但是，我为了国家独立的光荣
作一个战死的无名英雄也罢
要奔赴战场

我不知道有人会想起我
我也不曾想到，也没有怀念
青春的苦恼已经成了顽固的铁石
寂寞的蛀虫已经把我的记忆蚀完
花朵和希望凋谢在冬季的风里
冬季的风僵冻了我的童年
现在，我的心像我战斗的枪一样
它在爆发着郁结已久的火焰

除了战斗我没有别的奢望
有时心像古老的峰顶一般安稳
我从不曾想到别人的想念
但是，我接到一封意外的来信

啊！不相识的字迹
热情的语言
起始就称呼我英勇的战士
在那缠绵的"祝你胜利"的语句下边
署着一个陌生姑娘的名字
她说：现在正是严寒的冬日
有许多姊妹在为我们赶制棉军装
她说：不久可以寄给我们
因为，她是住在遥远的后方

我无言地放下这封书信

我是怎样感谢人民的爱护

陌生女郎的热忱

我感谢，感谢不尽

战争啊！我至诚的将生命献给你

你却至诚的给我以爱情

载《文艺月刊》战时特刊第五卷第一期

1940年9月10日出版

战争中的歌

——纪念聂耳——

不羁的勇敢的歌人啊
你带着海啸似的歌声死去了
可是，我们到处都看见勇敢的歌人
到处都听到勇敢的歌声

我们在战场上的同志
在工作着的伙伴
以及在前进中的队伍
他们在热情地唱着
你雄浑的歌曲

你底歌

扫去了昔日的萎靡和衰颓

卷去了昔日的肉欲和黄金

你底歌

在锻炼着千百万民族解放的战士

在饲养着无数饥饿而焦急的灵魂

你底歌

在鼓吹着解放的战争

现在，解放的战争已经来临

歌啊！勇敢的歌啊

这是奴隶们的怒吼

这是被压迫者的呼声

你底歌

使千百万健儿到战场去了

我们也在战场上勇敢的杀敌

现在

民众在唱着战争的歌词

民众在诉说着一个歌人的故事

炮在响，喇叭在鸣

为了纪念一个伟大的歌人

战士们在弹雨中英勇地前进

水手兄弟

我不是戴着白帽的
在战舰上挣扎的水手
不曾有过碧蓝海上的巡行

我是巴人
从瞿塘峡的险滩游过
到过巫峡的绝壁啊
从孩童的时候
就不曾恐惧险恶的洪波

人家叫我"水猫子"①

---

① "水猫子"又名鱼猫子，为捕鱼之水獭。

家被洪水冲去

父亲是葬在浊流里

随着父亲遗留下来的木船

来到繁华的武汉

除了一身蓝色的短衣

唯一的财产

　　就是破布片补成的帆

　　和樟木作成的古老的船

　　再有，就是：天上的阳光，水里的鱼

贫困不曾屈服我

我受尽人们给我欺侮

水波给我的艰辛

我终于在苦难中长大

我立志要在祖国的海上

做一个航海的人

海底梦是遥远的

希望像海鸥在海上飞扬

海底光在召唤我

像在我头上笑着的阳光

啊，帝国主义的侵略战爆发了

海是被掠夺

海岸被敌人封锁

梦想着的遥远的航程啊

有无数敌人的舰队

在江上游弋

繁华的武汉
你现在是祖国的唯一的水都
有千万只木船在这儿停泊
敌军的舰队将迫近了
他们要实行强盗的掠劫

木船会被焚尽
财产会被掠夺
孩子不免于杀戮啊

啊！水手兄弟
码头上的伙伴
不要等候着敌人给我们的枷锁
不要等候着自己的孩子被敌人杀戮
我们不是和险恶的波涛搏斗过来的吗
啊！斗争的力量
于是属于我们粗黑的臂膀

中国的船不能越出中国的海岸
这是悲哀，这是耻辱
现在，在整个的江上，我们的船呀
也不能自由的航过

啊！斗争啊
戴着白帽的同志
把锚拔起来

把炮架起来
码头上的伙伴啊
快掘深深的战壕
江水汹汹地涨着
水手弟兄动员了

九月之晨

清晨披着乳白色的雾

我骑上红马

穿着黄色的戎衣

雨后的黄泥

滞着我轻快的马蹄

缓慢的走上

蒙着雾的长长草坡

然后沿着

蒙着雾的茫茫的河

马儿进了深邃的林间

听鸟儿们唱清晨的山歌

溪水底淙鸣

新奇的歌啊

是幽暗的林壑中神秘的音乐

晨风拂着我

雾为着我的马儿前行

在慢慢地让开

走出了深林

田野间的雾已经散尽

上前线的大路

使我病愈后的精神振奋

上前线去吧

上前线去吧

我已经看见像战士鲜红的血液的

——九月底蔷薇

在一丛绿叶之间

我安慰似的摘下了蔷薇

插在红马底头上

红马飞驰着奔回兵站

九月浙江诸暨兵站

归　来

白马蒙着眼睛
蹄声在雨的街上响着
熟悉的街道啊
我回来了

转一个拐角
就是高高的白杨
在第二号电杆下
就是旧日的门窗

那里有人
在梦里怀念着我
急催的门铃

会把梦里的人惊醒

她们将会扶着我
很艰难的跨进屋里
她们看着我光荣的创伤
会流着喜欢的泪滴

夜啊！深寂的夜
雨啊！淅沥的雨
我的思念已随着马车驰骋
街上的门呀
你们为什么紧闭

发 掘

一切都被埋葬在泥土里
我们来发掘啊
下面有衣物，有金银
有最宝贵的生命

如果有受伤和濒死的人
我们把他送进医院
如果有惨死者
我们把他埋葬在山之阳，河之滨

发掘，在残忍的大毁灭里
去发掘生命
在仇杀和罪恶之中
去发掘人类的良心

血滴在路上

好多的受伤者
好多的担架队
一列列从长街上走过

他们来自灾区
血滴在长长的路上
在路上他们用血写着控状

路是走不完的
有限的血，写不尽
无限的仇恨

今夜宿谁家

这里是烟毒
那里是火
我们呀
今夜宿谁家

乌鸦已归巢了
天已晚了
我们呀
今夜宿谁家

母亲快要倒下
孩子们太倦了
我们呀
今夜宿谁家

新孤孀

失望的阴郁的神情
遮盖了你的笑容
瘦弱的儿、悲哀的女、忧愁的妻
如今你们是悲惨的
平安、幸福给恶魔带去

当孩子向妈妈要爸爸的时候
妈妈的心里在受着绞刑
深陷的眼睛含着热泪
痛苦使她默默无声

两个孩子像两只迷途的羔羊
依偎在母亲的身边等待
可怜的孩子啊
用所有的日子等待
你的爸爸也是不再回来

倚桅人

那个倚桅人

是个流浪汉

他来自何方

来自遥远的海洋

他倚着船桅

凝视着黑夜里的繁星

是寻找失望的希望

是舒息一天的疲困

两手交叉在胸前

像石像般的沉默

任海风洗刷他的面庞

任海潮打湿他的跣足

听海涛的细语
听海风的诉说
永远在海上流浪
大海就是归宿

1946·5 香港

向　往

我像一只快要闷死的鸟儿

随时离开狭小的牢笼而飞去

像西班牙海盗向往着黄金的岛屿

像大不列颠帝国的舰长向往着殖民地

我将重作一个航海者乘白帆而去

我将再在海上作无尽的漂流

但我又不知道该去到哪儿

欧罗巴洲或是亚美利加洲

啊！我要在这残酷的世界上

去寻找一个理想的境界

——一个自由的国度

一个充满着爱情与诗和音乐的疆土

我知道我会在那漂流的日子里

想起我曾经眷恋过的故土

即使我在那故土上受尽折磨

而我也会流下思念的热泪

1947 · 12 厦门

自 由

海洋啊！在你的面前
我了解了自由的意味了

我将赤裸着，像白色的天鹅
跃入蓝色的波涛

意志是鸢飞
思想是鱼跃

希望在无穷的远方
要学海燕，远往重洋

书 简

船驰向港口
我的愿望冲出了胸口

我有书简
装满热吻
像丰满的白鸽
要自我怀中向你飞去

望你喜欢一如我们相见
望你平安一如往昔
我想寄你一个珊瑚
它不能除去你的忧愁
我想寄你一个海螺壳
它不能慰你寂寞

只有我回来的消息
能使你流出欢喜的泪

看见天上的星光
像看见你脸上的泪点
望你今夜有个好梦
我海程平安，请勿怀念

1951·6 马公港

梦的海港

睡了的鱼，在珊瑚的海底做梦
睡了的海鸥，在银色的波涛上做梦
我呢，在微风荡漾的甲板上
轻轻地呼唤着你的名字

水手们有个迷人的沉醉的夜
海轮有个安静的休息的夜
我呢，望着满天的星斗
咀嚼着离别的情味

静静的海港，梦的海港啊
今夜我躺在你热情的怀抱里
向微风和海潮诉说相思
我的梦是凄切的，还是绮丽的？

1952·6 马公港

你的家乡

做客在美丽岛上的女郎啊
我眺望着你家乡的土地了

有无数小河的家乡
有葱郁林木的家乡
在密密的果树园
有陈年的磨房

这里有自你家乡来的杨梅
它殷红的，像琥珀，像玛瑙
这里有自你家乡来的美酒
喷射着强烈的芬芳的息气
我不会喝酒
而我却醉成了一个泥人了

在清晨，从望远镜里

我凝视着对面的云烟

一片蓝色的土地

在海的水平线上若隐若现

离你的家乡太近

离你却如此遥远

1951·7 大陈岛

虹

虹是海上的长桥
无数的船像落叶般的
在桥下飘过
我真厌倦在海上流落
要踏上长桥
去觅归路

看不见桥的起点
也看不见桥的尽头
踏上长桥
何处是路
心中凭添了
烦恼与忧愁

1951·7 大陈岛

群 岛

海上罗列的岛屿
像天上罗列的星辰
大的大　小的小
远的远　近的近

天上无云的早晨
天上无云的夜晚
蓝色的天有个碧绿的海
碧绿的海有个蓝色的天

天上的云是海上的雾
海上的雾是天上的云
天上的群星闪烁是阳光中的岛屿
阳光中的岛屿闪烁是天上的群星

我驾着一叶扁舟航行

沿着群岛错落的海岸

如同我航行在天上的

星辰与星辰之间的港湾

1951·7 大陈岛

闻　歌

雨的歌唱出了海的寂寞
谁人的歌道出了我的寂寞
今夜，我从远方的海山回来
我怀念着
不知道有没有人等我

我是从海外荒岛上回来的
歌啊！你是从哪里飘来的
今夜，我回到久别的城市
我怀念着
不知道有没有人等我

让雨落着
让歌唱着

让我怀念着

我回来了

不知道有没有人等我

1951 · 8 高雄

追　求

大海中的落日

悲壮得像英雄的感叹

一颗星追过去

向遥远的天边

黑夜的海风

刮起了黄沙

在苍茫的夜里

一个健伟的灵魂

跨上了时间的快马

1950·8 花莲港

岩　石

岩石，像一个哲人
在低头沉思

他的筋骨峋嶙
胸膛丰满
眼光凝定
体魄是雄伟而坚强

默默地坐着
用手撑着下颚
披着满身的阳光
俯视着鱼鳞般的海波

亿万年以前他就来了

不曾厌倦风雨和烈日

择定了这个安静的地方
他赞美深沉的海洋

孜孜不息的，奔腾的海
美丽的，温柔的海
神秘的，令人沉思的海
一切创造都在这里开始
他要与海洋永远同在

岩石，像一个哲人
在低头沉思
永远坐着
面对着海洋

1952·1 台北

雾 灯

夜的海港

渐渐为雾所封闭

只有点点的乳白色的灯光

像无数的睡莲

悄悄地在夜的水波上开放

雾，笼罩着石级下无数的船舶

雾，模糊的黑色的长桥

雾，拥抱着街树和车辆

雾，温柔地揽着长桥的细腰

灯在雾中

像是在对着海洋目语

　"漂荡在大海里的孤帆啊

夜来了，要快一点回去！"

有人独自地在桥上缓缓而行
雾打湿了她的头发
她走到路灯下面
像是在问
哪儿是她今夜的住家

1952·5 台北

不逝的春

我来自北冰洋
心早已被冰风僵化
你的眼睛是初春的太阳
我心头的冰层
因你热力的凝视而融化

你的微笑是春风
你的眼泪是甘美的雨露
那颗死了多年的种子
竟又在你的风里苏醒
在你的露里发芽而开花

你的脸如春之花一样美
我的心如春之谷的灿烂

珍惜吧！这里黄金的时刻

让青春的光彩永驻在

你的脸上和我的心间

啊！我欢迎你

新的日子，新的生命

假如我再走向海上的路程

我将以水手年轻的姿态

带给海洋以不逝的春

1952·5 台北

独　语

我向海洋说：我怀念你
海洋应我
以柔和的潮声

我向森林说：我怀念你
森林回我
以悦耳的鸟鸣

我向星空说：我怀念你
星空应我
以静夜的幽声

我向山谷说：我怀念你
山谷回我

以溪水的淙鸣

我向你倾吐思念
你如石像
默默不应

如果沉默是你的悲抑
你知道这悲抑
最伤我心

1952·6 台北

晨 风

从海上来的晨风
像老友一样跑到我的窗前
它向我道了一声"晨安"

然后，它走进初醒的丛林
许多鸟儿是它的伴奏者
它唱出今晨最动人的歌声

然后，它吹着口哨，走向海滨
像一轻薄的少年
撩起一个女郎的长裙

Lily它又踉跄地到你那儿来了①

正想闯进你关着的门

我真怕它的孟浪把你惊醒

海上的晨，东飘西荡

是一个流浪者

于是乘白帆而远扬

1952·7 台北

---

① Lily英文百合花，意为某女性。用在这里指句中的"你"。

老渔人与海

一个老渔人，吸着烟斗

坐在岩石上，意态悠闲

帽檐下的阴影里

闪动着两只眼睛

敏锐的目光

和海一样深湛

他瞅视着海洋

如同一个骑士

在端详一匹难驯的野马

他瞅视着海洋

如同一个乡野的孩子

看见一个美丽的少女

感到迷惑

老人弯着眼睛笑了
笑得和孩子一样天真
是不是笑自己老了
而海洋还是刚到成熟的年龄

岁月与海波一同流驰
老人把住了海波上的船舵
而没有把住时波上的船舵
他不曾感叹
那青春之海所逝去的时间

青春不逝于海洋
白发是智慧的象征
看他深湛的目光
有人生的智慧留存

他爱海的生野
和海的娇嗔
他懂得海的脾气
他征服了海的顽皮
以他的智力和沉毅
海也征服了老人的自负

以它无比的美与温柔
和那蕴藏于心坎深处的珍奇

1952·11 台北

向日葵

你是太阳
我是向日葵
每天每天迎接你

向铺满红毡的天上迎你
在露水消失的园中望你
傍微风初起的黄昏送你

你绚烂的光球
照亮我金黄色的花瓣
我戴上了诗人的月桂冠
胸中孕育着诗的种子
有不死的爱
以真实的生命塑造你的形体

叶子是一片片青色的云
花瓣是辐射的光芒
我成了地上的太阳
你别我而去时
最初，我低头沉思
继而，憔悴欲死

我知道，秋天到了
我金黄的花瓣
会像头发一丝丝地脱落

那时，为了你的记忆
我像要沥尽心血
剖开胸膛

一粒一粒地
撒下我不死的种子
向着将要复苏的大地

距　离

即使地球和月亮

有着一个不可衡量的距离

而地球能够亲亲月亮的光辉

他们有无数定期的约会

两岸的山峰，终日凝望

他们虽曾面对长河叹息

而有时也在空间露出会心的微笑

他们似满足于永恒的遥遥相对

我们的梦想最绮丽

而我的现实最寂寞

是你，把它划开一个距离

失却了永恒的联系

假如，我有五千魔指

我将把世界缩成一个地球仪

我寻你，如寻巴黎和伦敦

在一回转动中，就能寻着你

赠一歌者

自听了你最初的一曲歌
夜夜，我的心灵清醒
我的回味像一只鸟儿
在每一个宁静的时刻
要去追回你遗留于空间的歌声

你的高音像一道彩虹
横亘于蓝色的空隙
当歌的尾声在夜空中颤动时
青春的旋律进入我的梦里

歌声去而复来，在梦里萦回
是音乐的微风拂过诗的竖琴
我费了千百度的吟哦

要捕捉你清纯的美音

陌生的歌，已极熟悉
每次倾听，不能自已
歌在圆厅里轮回飞翔
音符刻在心底，录下不朽的记忆
最爱回忆你的美目
时时流盼出音乐的语言
我了解那个意义是艺术的默契
是一种深沉的心灵的呼唤

神 木

神木为阿里山的红桧，树龄三千年。

有长者的风度

每一个黄昏，默默地

伫立在群山环抱的苍茫里

看森林的变迁，塔岩的剥落

看蝴蝶的繁殖，小鹿和秃鹰的绝灭

看由城市而来的芸芸众生

看山头在刹那间涌出的云海

看充塞在空间的大千世界

是深山古老的土著

一如原始土著的纯朴

没有矜持，只单纯地生活

终年赤裸，与赤裸的星和月为伴

不惧风雨雷电的袭击

不计经历了多少的月明和风雨之夜

不问世界已经过去了若干世纪

不知老之将至，永恒生长

而自己深切地知道自己的年龄

年轮就是自己最正确的历史

天空诱惑的蓝，双手向上

想接触蓝天的边缘

而你的是扎根于深深的泥土和岩隙

你真实地在热恋着土地

风暴来临，每一株小草，每一棵树木

都受到无以抵御的摇撼和疯狂的抚摩

树梢低头，小草伏地，让风暴过去

而你只有稀疏的叶

像老人零落的发在空中飘曳

那硕壮的撑天的枝柯

是永不摇撼，永不折落

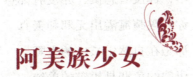

阿美族少女

狩猎者的后裔有强健的体态
阿美族的少女，你会记得
你的祖先是来自雾的森林
来自白云的山岗
岗上有鹰高飞
林中有麋鹿躲藏

猎鹿的铁矛锈了
猎鹰的弓弦断了
多少年代，它们被放弃在茅屋里
做着往昔山林的梦
而晨雾仍然弥漫着森林
晚云仍然出在山岗

阿美族的少女，你的梦在田间
在繁茂的槟榔林中，在香蕉园
当布谷鸟在春天呼唤你的时候
当山溪在夏日为你歌唱的时候
你的跣足吻着大陆的胸脯
你梦见发出稻香的泥土
你有台风来临的恐惧吗
你有山洪暴发的恐惧吗

不，你没有恐惧，亦没有郁愁
你的眼睛流溢出无邪和天真
那是在自然中长成的生野
康健的色调是粗犷的单纯

阿美族的少女，有个期待
期待着快乐的收获的节日
少女们穿着鲜艳的衣裳
腰间系着古老的铜铃
舞步的节奏，山歌的叠韵
混合着清脆和谐的铃声

黄蜂飞着，浪蝶舞着，空中流荡着
歌的音符，花的香味，酒的气息
阿美族人了解生活的意义
生产、劳动，和收获时的快乐
阿美族少女有颗被陶醉了的心
爱唱阿美族人抒情的山歌

画　廊

野花在画廊的窗外摇着粉白的头

秋随落叶落下一曲挽歌

追思夏日残酷的午时

月球如一把黑团扇遮尽了太阳的光灿

而你此时亦隐没于画廊里黑色的帷幕

火柴的蓝焰，染黄了黑暗

烧尽了生命，亦不见你的回光

你的未完成的半身像①

毁于幽暗中错误的笔触

---

①　台湾诗人蓉子查过原版《画廊》说此句漏掉一个"半"字，
现添上。

蒙娜丽莎的微笑，我没有留着
留着了满廊的神秘
维纳斯的胴体仍然放射光华
贝多芬的死面，有死不去的苦恼

海伦噙着泪水回希腊去了
我不曾死于斯巴达王的利剑下
被赦免的留着
服永恒的苦役
在画廊里，无论我卧着，蹲着，立着
心神分裂过的躯体
苍白如一尊古希腊的石像
发怒而目盲

树

树，伸向无穷
虽是空的一握
无穷确在它的掌握

深入过去，是盘结的根
展向未来，是交错的枝
密密的新芽和旧叶
在抚摩浮云，太阳和星子

生命在扩张
到至高、至大、至深邃、至宽广
天空是一片幽蓝
永恒而神秘
树伸向无穷，以生命之钥
探取宇宙的秘密

海之咏叹

黑夜里，不见你的豪迈、圆浑、与晶明

有低垂的星，在你仰视的眸子里泛出幽光

是高扬后的沉潜？你静静的在捡拾回忆的珠粒

你在咏叹，你的咏叹已超越了悲欢。啊！你在咏叹

晨光中砰然一击，撞开了一曲交响，一树银花

银树千株，圆舞般的，起起伏伏，在黑岩上婆娑

花朵，带着如虹的幻惑的色彩，繁开又凋落

临风的水晶枝奏出玲珑的声响

一支终曲，凋落在绿玉盘中，溅出余音

梦境缤纷，变幻无穷；一曲终了，又一曲在回荡

似无损伤，无疲惫的，不息的咏叹

许是一阵狂欢，一阵爱抚，一阵痛苦的鞭打？

为除寂寞，而寂寞依然。为求跃升，却依然下降

现在，你如此冷漠，如何测量你不可测的深沉
你重新收拾你心灵的碎片，寻求完整
我却不知我累累的伤痕如何治愈
就在此时，我从你沉潜的心里，低微的咏调里第一次
  听到：我叹息的回声

火　种

七月，在珊瑚礁密集的南方

太阳以金色的稻梗

　　点燃青松的红烛

　　点燃向日葵的圣火

一只翠鸟从向日葵的园中飞来

　　传递火种

凤凰木的火炬熊熊

　　海的眼睛凝视着南方燃烧的七月

南　方

七月的云是空中最奋异的建筑

在俯瞰着多彩的城市回紫色的平原

　　伴着火的圆舞

　　葡萄在拣取金粒

　　玫瑰在午寐光耀的梦中

苍白的土地在海角以阳光的金浪洗濯头发

她的美

具有原始的魅力

植物在繁殖

　　以腐朽的叶肥沃新开的花

花是怒放的火焰

　　似一种新气象的迸发

枝叶的浓荫

　　掩不着花的眼睛凝视未来的神奇
阳光的注射
投下的火种的青苗
有热度能使濒死的蛹子，化成蝴蝶

一颗旅行宇宙的星子，遍体燃烧
在夜空划一道光的轨迹
　　然后葬入海上无边的青冢
这是上帝的意志么
　　不是，是过程，发光的一次
很久了，我从南方回来。你说：
　　有一粒火种闪烁在我的眼中

夜在呢喃

夜

云母石筑成的大教堂

投五百株廊柱的阴影

构成庄严与深邃

有少女在祈祷

喃喃的泄示灵魂的秘密

语声回应于廊柱之间

像夜在呢喃

夜在呢喃

我卧于子夜的绝岭，瞑目捉摸太空的幻象

头发似青青的针叶，有松脂的香味

星子像松鼠之群在我头上跳跃

翘起尾巴，嗅我的额角

我若是一棵松树

就让星子们在我发中营巢

从短暂中面临悠久

青空凝视我

我观照夜

夜观照悠悠与无极

集中感觉于顶梢，听夜的呢喃

梦幻不易把握，有梦幻把握我

我和你飞翔在梦中

当影子横卧

热情之环紧扣着你的臂膀

时间在你呼吸里抑扬

夜在呢喃着

岛外之岛，海外之海的迷茫

说你的眸子也是迷茫的，像海

有云的忧郁

在祈祷时充满发光的泪

一株蔷薇死过

在春日的雾中吐出花蕾

我的意象曾被严寒扼杀

却在你眼里发现重重叠叠的太阳

短暂与悠久，同样神秘，同样不可知

在绝岭上，为未来琢磨具象，为梦造型

雕塑一座夏娃的体态于黎明的大理石上

刻下你片刻的静默

刻下你的迷茫

吹箫者

吹箫者木立酒肆中

他脸上累积着太平洋上落日的余晖
而眼睛却储藏着黑森森的阴暗
神情是凝定而冷肃
他欲自长长的管中吹出
山地的橙花香

他有弄蛇者的姿态
尺八是一蛇窟①
七头小小的蛇潜出
自玲珑的孔中

---

① "尺八"指箫，竖吹，面六底一，共七孔。

缠绕在他的指间
昂着头，饥饿的呻吟

是饥饿的呻吟，亦是悠悠的吟哦
悠然的吟哦是为忘怀疲倦
柔软而圆熟的音调
混合着夜的凄冷与颤栗

是酩酊的时刻
所有的意志都在醉中
吹箫者木立
踩自己从不呻吟的影子于水门汀上
像一颗钉，把自己钉牢于十字架上
以七蛇吞噬要吞噬他灵魂的欲望
且欲饮尽酒肆欲埋葬他的喧哗

他以不茫然的茫然一瞥
从一局棋的开始到另一局棋的终结
所有的饮者鼓动着油腻的舌头
喧哗着，如众卒过河

一个不曾过河的卒子
是喧哗不能否定的存在
每个夜晚，以不茫然的茫然
向哓哓不休的夸示胜利的卒子们
吹一阕镇魂曲

玫 瑰

三月是魔法的季节
海在祭坛上施展魔法
化千顷青色的波涛
为千顷青色的玫瑰

芬芳的土地是种植梦幻的田亩
每一朵玫瑰都藏着一个令我眩惑的梦
梦不可攀采，而我疯狂的摘取
那瞬息开落的花朵
片片的，不留痕迹的
从我的指缝间凋落
我索然从三月的海上来
你赠我一朵红色的玫瑰
我欢愉而颤战

那是泪和吻燃烧所凝成

一朵小小的火焰

我是盗火者

我是吻火的人